D1732553

Michael Graff

liebe Annette!

Schwabenverlag

Herausgeber der Reihe
Michael Graff

Umschlaggestaltung: Neuffer Design, Freiburg
Umschlagbild: Heilige Anna, Hinterglasbild, Sandl,
Ende 19. Jh., Bischöfliches Ordinariat Würzburg
Satz: Harald Schindler, Textverarbeitung, Langenargen
Druck: J. F. Steinkopf, Stuttgart
Bindearbeiten: Hollmann, Darmstadt
Printed in Germany
ISBN 3-7966-0828-0

Liebe Annette!

Wir zwei bringen uns gegenseitig ganz schön ins Schleudern. Du erwartest Post von einer heiligen Annette, die es gar nicht gibt. Und ich hatte Mühe, deine Briefe überhaupt zu erhalten. Solche Schreiben werden bei uns im Himmel an »Anna selbdritt« weitergeleitet und landen dann über Jesus und Maria schließlich bei mir. Inzwischen klappt es endlich mit unserer Korrespondenz. Deine Anna ist im Himmel als »Oma selbdritt« identifiziert und offiziell auch für alle Annetten zuständig. Du kannst dir die himmlischen Aufregungen denken, als der gute Papst Gregor, es war der dreizehnte (!), am 1. Mai 1584 das Annafest eingeführt hat. Oder im 17. Jahrhundert, als es den Anna-Rosenkranz und

die Anna-Litanei gab. Na ja, das wurde ja
wieder abgeschafft. So viel Grüße gab es
für mich nie wieder. Ich will nicht klagen.
Ordnung muß sein.
Aber nun schön der Reihe nach ...
Du schreibst, daß so wenig über mich in der
Bibel steht. Das ist freundlich formuliert.
Nichts steht über mich in der Bibel, einfach
gar nichts! Ich bin bereits zu Lebzeiten eine
Legende geworden. (Denn daß es mich nur
deshalb nicht gegeben hat, weil sich die
Herren Evangelisten nicht mehr für Groß-
mütterlinien interessieren, ist ja wohl nicht
zu vermuten. Und wie soll es mich nicht
geben, wo ich dir doch so schöne Briefe
schreibe!) Aber man hat mich gern ver-
wechselt. Ich habe manchmal den
Eindruck, die Chronisten gehen
in Sachen Bibeldeutung gern
davon aus, daß Schreib-
fehler und Hörfehler der

6

Normalfall sind. Denn die Hannen und die Annen sind oft sehr verschieden. Kennst du eine Hanne, eine Hanna, eine Hannelore? Ist sie dir ähnlich? Na also!

Was nun die Hannen betrifft, bin ich angenehm überrascht. Insbesondere die Geschichte der kinderlosen Hanna gefällt mir. Da finde ich mich bestens interpretiert. Liest du sie dir mal durch? (Nimm das 1. Samuelbuch 1,1-20). Laß dich bitte nicht verwirren. Das ist nun im Alten Testament, lange vor meiner Zeit. Ich will jetzt aber nicht bei Adam und Eva anfangen. Mich interessiert nur diese schöne Geschichte. Und ich denke, so ähnlich könnte sie sich immer abspielen...

Meine Mutter Emerentia

Hast du eigentlich auch noch eine Urgroßmutter? Es fällt mir auf, daß du nie nach

meiner Mutter fragst. Nach meiner Tochter
Maria, da fragen sie immer. Alle Tage hat
sie frische Blumen, Kerzen, Weihrauch, was
man als Heilige eben so bekommt. Wenn
man es zu etwas gebracht hat, liebes Kind,
nur dann! Gut, ich darf mich nicht bekla-
gen. Tu ich ja auch nicht.
Also, meine Mutter hieß Emerentia. Da
staunst du, was? Frag mal nach auf dem
Einwohnermeldeamt, wie viele bei euch so
heißen. Du wirst ins Kloster gehen müssen,
meine Liebe, um eine veritable Emerentia
zu entdecken. In unserer Familie geht
es nämlich nur in der männlichen
Linie halbwegs prominent zurück,
wenn du weißt, was ich meine.
Das hängt mit Jesus zusammen.
Wäre der nicht gewesen, hätte
wahrscheinlich überhaupt niemand
einen Stammbaum
angefertigt. Da geht das

8

auf verschlungenen Pfaden bis zu König David. Aber die Pfade sind schon sehr verschlungen, und man braucht eine große Fantasie und einen starken Glauben, denn der Stammbaum Jesu ist, sagen wir mal, etwas kunstvoll arrangiert.

Warum ich dir das schreibe? Zum Trost, meine Liebe, zum Trost. Mich tröstet das immer, wenn ich an meine Mutter selig denke, Emerentia. Da weiß man offiziell erst recht nichts Genaues. Kennst du den Berg Karmel? Der liegt im Heiligen Land, südlich von Haifa, also in der Nähe des Meeres. Da hat man einen wunderschönen Blick und kann stundenlang zwischen blühenden Bäumen spazierengehen. Ein Jammer, daß es heute im Heiligen Land so gar nicht heilig zugeht. Wenn du je mal dort bist, vergiß nicht, mir ein Foto vom Karmel zu schicken. Ich will

9

*zu gern sehen, wie das heute alles so
aussieht.*
Meine Mutter hätte also auf dem Berg
Karmel einen gewissen Stollanos geheiratet. Sie »hätte«, wenn ich das schon höre!
Einen »gewissen« Stollanos! (Wer beim
Stammbaum Jesu schummelt, hat keinen
Anlaß, über meine ungeklärte Herkunft zu
lächeln, finde ich. Aber das nur nebenbei.)
Wenn die Maler nicht wären, wäre meine
gute Mutter vollends in der Versenkung
verschwunden. Du mußt mal in den Kirchen
und Museen achtgeben, ob du »Anna selbviert« entdeckst. Die vierte, das ist Emerentia. Meistens dominiert sie, das war ja
auch so ein bißchen ihre Art, manchmal
steht sie halb verdeckt. Aber unscharf ist sie
nie. Sie war überhaupt nicht unscharf, ganz
im Gegenteil, eine sehr temperamentvolle
Person. Ich habe dir nie von meiner Kind-
heit erzählt. Du hast ja auch nicht danach

gefragt. Auf dem Karmel soll heute ein Kloster stehen. Aber damals war das alles noch wild. Und immer am Hochzeitstag sind Mama und Papa mit mir auf den Karmel gestiegen. Dann gab es Feigen. Einmal gab es auch Ohrfeigen, das war am 7. Hochzeitstag, da war schon dicke Luft beim Aufstieg. Papa hatte den Hochzeitstag vergessen. Man hatte ja noch keinen Terminkalender. Den halben Tag machten sie sich Vorwürfe wegen nichts und wieder nichts. Und als ich dann nach den Feigen fragte ...

Aber am Abend war die Welt wieder in Ordnung. Feine Leute waren das, meine Eltern, nobel, etwas heftig, aber nobel. Mama kam zu mir ans Bett und gab mir einen Kuß, und Papa kam mit einer Hand voll frischer Feigen. Und so was nennt ihr Legende? Wahrscheinlich könnt ihr euch solche rührende Szenen nicht mehr vor-

stellen. Wenn du wüßtest! Verstehst du jetzt,
warum ich gern ein Foto hätte?

Wußtest du, daß Joachim einen Sohn
wollte?

Am 26. Juli feiern wir gemeinsam, mein
Mann Joachim und ich. Es ist in der Ewig-
keit gar nicht so einfach, Namenstag zu
feiern, wenn man auf Erden verheiratet war.
Wieso? Nun ja, du weißt vielleicht, daß wir
hier nicht mehr wie Mann und Frau leben.
Vieles, was euch zu Lebzeiten beschäftigt,
beglückt, bedrängt - also auch das Ehe-
leben -, interessiert nicht mehr. Wenn nicht
der 26. Juli wäre, den wir seit etlichen
Jahren wieder gemeinsam verbringen,
hätten wir uns vielleicht ganz aus den
Augen verloren. Mein Joachim war im
Grunde ein herzensguter Mann. Wie die

Männer halt so sind. Wenn du dich in einen verliebst, der Joachim heißt, dann schreibe ich dir mal extra. Aber nicht, daß du jetzt denkst, wir hätten keine glückliche Ehe geführt! Das war damals alles ein bißchen anders, verstehst du, man hat nicht in erster Linie aus Liebe geheiratet. Da gab es auch praktische Gesichtspunkte. Und wir Frauen waren noch nicht so selbstbewußt. Ich weiß, du kannst das Wort Emanzipation nicht mehr hören, aber ihr wißt gar nicht, wie schwer es für uns Älteren ist, euch zu verstehen. Joachim wollte immer einen Sohn. Ich denke, im Lauf der Jahre wurde ihm das nebensächlich: Hauptsache Nachwuchs. Aber wir warteten und warteten, und ich war schon ziemlich alt, in deinen Augen vermutlich ein altes Weib, als Maria kam. Joachim hatte sich übrigens zum Fasten in die Wüste zurückgezogen, und ich war alle paar Stunden am Beten. Seine Kameraden machten Witze: »Glaubst du, das hilft? Das ist doch gegen und nicht für den dicken Bauch, Jo, und du hast es doch nötig. Setz doch deine Alte mal auf Diät.« Aber Joachim kannte sich aus mit diesen Übungen. Es gibt ein Fasten für den Frieden, ein Fasten zur Versöhnung, ein Fasten in den Tagen der Buße; weshalb soll ich nicht für ein Kind fasten, wo wir es uns doch so sehr wünschen? Dann kam er nach 40 Tagen und Nächten zurück, bleich und hager, aber zuversichtlich. Und ich konnte ihn glücklich empfangen unter der Goldenen Pforte von Jerusalem, wir hatten damals eine kleine Stadtwohnung. Die Monate vergingen wie im Nu. Der Joachim, ich sehe ihn immer noch neben mir sitzen, wie die

Maria zur Welt kam. Es war eine schwere Geburt, und Joachim mußte mir den Kopf halten und wollte dauernd weggucken. Die Männer haben ja ein dünnes Nervenkostüm, wenn es um solche Dinge geht. Davongelaufen ist er nicht. Du kannst mal in einer Legende nachlesen. Da steht viel über Joachim und mich, auch viel Zutreffendes. Daß Joachim einsam war, das stimmt. Irgendwie sind wir uns fremd geblieben, trotz aller Zuneigung und Wärme. Und als er starb, war ich nicht nur traurig, sondern irgendwie auch getröstet. Jetzt ist er endlich daheim, dachte ich. Wir waren ja in jener Zeit nicht sehr informiert in Sachen Psychologie. Auf den Bildern wirkt Joachim immer sehr zurückhaltend, fast passiv. Das war er.

Daß ich später noch zweimal geheiratet haben soll, wie es ein gewisser Haimo von Halberstadt Jahre später kolportiert, ist fromm erfunden. Ich muß das am besten wissen. Du wirst mir vielleicht nicht glauben, weil du auf dem Sippenaltar in mancher kleinen Kirche meine beiden weiteren Männer erblickst, einen gewissen Kleophas und Salomas.

Aber ich kenne die Herren nicht. Und ich habe auch nicht drei weitere Töchter mit Namen Maria geboren. Wie kommt man nur immer auf solche Geschichten? Du mußt mir einmal ausführlicher schreiben, wie das mit den Gerüchten bei euch zugeht. Bei uns auf dem Dorf war das harmlos, weil man jedes Gerücht sofort überprüfen konnte. Außerdem gab es so viele Märchenerzähler, daß wir uns eigentlich nie betroffen fühlen mußten. Aber das war der Orient, und bei euch ist ja alles so modern und systematisch. Dabei kommt ihr mir oft reichlich chaotisch vor, wenn ich mir das Wort erlauben darf.

Ich denke oft an meinen Enkel

»Nanna« hat er zu mir gesagt, der kleine
Jesus. Oma war damals noch nicht so in
Mode.
Ich war natürlich im siebten Himmel, als
er mich nach Ostern ganz feierlich um-
armte und Nanna sagte. Das macht
mich immer noch verlegen. Er ist ja
nicht irgendwer. Mein Enkel, ach,
das ist eine ganz besondere
Geschichte ...
Du hast mir von deiner Freundin erzählt, die hätte so eine
komplizierte Beziehung zu ihrer
Mutter. War das nicht so eine Oma-
Tochter-Enkel-Geschichte? Ich habe es
so verstanden , daß deine Freundin auf
ihre Mutter eifersüchtig ist, weil die
Kinder bei der lieben Oma alles dürfen
und so weiter.

Laß mich erklären, wie das bei uns Groß-
müttern ist. Oder, um es genau zu sagen,
wie es bei mir und Maria und Jesus war.
Die Männer lassen wir am besten aus dem
Spiel, sonst wird das alles noch verwir-
render. Auffallend war übrigens, daß Jesus
für Joachim nie einen Kosenamen hatte.
Jockel beispielsweise, oder Jo. Vielleicht
kam das daher, daß er seinen Großvater gar
nicht mehr kennengelernt hatte. Und später
ist man ja nicht mehr so neckisch, obwohl
wir im Himmel ungeniert miteinander
umgehen.
Also, zur Nanna. Die gute Beziehung zu
meinem Enkel begann bereits vor seiner
Geburt. Maria kam tränenüberströmt zu
mir gelaufen, mein Gott, sie war 15, das
muβt du dir einmal vorstellen! Die
Geschichte mit dem Engel und der
Verheißung habe ich ihr sofort
geglaubt. Ich will das jetzt nicht

18

relativieren, aber das lag schon ein bißchen in der Familie. Es war sicher richtig, daß wir Maria früh aufgeklärt hatten. Nein, nicht so wie ihr das macht. In den intimen Dingen waren wir sehr schüchtern. Aber unsere eigene Vorgeschichte und die wunderbaren Erfahrungen, bis endlich Maria auf die Welt kam, das habe ich ihr oft erzählt. Du bist unser kleines Wunder, sagten wir ihr, und sie war glücklich. Deshalb hatte sie auch garantiert keine Minute Angst, zu mir zu kommen.

Unser Schwiegersohn scheint die Sache erstaunlich ruhig angenommen zu haben. Er pflegte ja immer über die Dinge erst einmal zu schlafen. Nun stand also Maria bei mir und suchte Hilfe. Sie kam dann manchmal, und ich hatte das Kind in ihrem Schoß einfach lieb. Nicht nur wegen der geheimnisvollen Geschichten. Einfach so. Ich freute

mich auf Jesus, ohne ihn zu
kennen.

Dann kam Weihnachten. Das
habt ihr später so genannt, und
seither sage ich auch immer
Heiligabend, wenn ich mir die
Erinnerungen wachrufe. Ich kam
leider nicht pünktlich. Hut ab vor meinem
Schwiegersohn, kann ich nur sagen.
Als Geburtshelfer hätte ich ihn nicht so
praktisch eingeschätzt. Bis ich den Stall
gefunden hatte, war alles schon passiert.
Nur das Kind, Gott bewahre, nackt und
verfroren lag es auf dem Stroh. Das holt
sich den Katarrh, sagte ich den beiden.
Aber Nanna hatte natürlich vorgesorgt!
Windeln, wie wir sie damals hatten, eine
Decke und ein paar Sachen zum Wechseln.
Ich hatte viel zu viel bei mir. Und trotz der
mürrischen Reaktion meines Schwieger-
sohns übernahm ich für einen halben Tag

die Regie im Stall. Frauensache bleibt
Frauensache.
Ja, und dann ging ich heim. Kannst du dir
die Aufregung vorstellen, als die junge
Familie Hals über Kopf vor den Soldaten
floh? Damals gab es noch keine Post. Ich
hatte keine Ahnung, wo die steckten. Ge-
betet habe ich und geweint. Aber ich war
mir die ganze Zeit sicher, daß das Kind
gerettet wird. Man hat das so im Gefühl.
Außerdem hatte ich gute Träume. Das habe
ich mit meinem Schwiegersohn gemeinsam.
Die Jahre später, als sie in Nazaret wohn-
ten, waren die schönsten. Der Kleine kam
anfangs gern und oft zu mir zum Spielen.
Ich brachte ihm Psalmen bei, so wie früher
meiner Tochter. Die Lieder kommen ja nie
aus der Mode. Nur vorsingen konnte ich
nicht so gut. Das machte Maria umso
besser. Eine Stimme hatte sie, himm-
lisch! (Insofern ist es schon richtig,

daß man ihr später so viele Lieder gemacht hat. Obwohl ich ihren Geschmack so einschätze, daß sie nicht alles mag, was ihr zu Ehren da alles so zusammengesungen wird. Die Psalmen sind immer besser. Meine Meinung.)

Ja, und dann verliert sich unser irdischer Weg. Von meinem Tod mag ich nicht schreiben. Das ist immer ein dunkler Punkt, auch wenn die Dinge nachträglich heiter aussehen. Der Junge war längst aus dem Haus, und ich nehme an, man hat ihn auch nicht informiert. Wir haben uns erst wieder im Himmel getroffen.

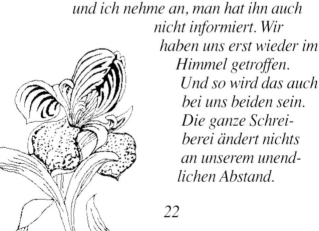

Und so wird das auch bei uns beiden sein. Die ganze Schreiberei ändert nichts an unserem unendlichen Abstand.

22

Ach, meine beiden linken Hände!

Es ist ja wunderbar, in was für Angelegenheiten die Leute sich an mich wenden. Wir Heiligen sind zwar vielseitig, aber daß ich für die Spitzenklöpplerinnen gut sein soll, das ist gigantisch, einfach gigantisch. Ich war nämlich als Mädchen ausgesprochen ungeschickt in diesen Klitzekleinigkeiten. Aber nun ja, man kann sich das Leben nicht immer heraussuchen, und ich habe mich für meine Verhältnisse ganz schön aufs Laufende gebracht. Stehst du eigentlich auch auf diese altmodischen Bastelgeschichten? Mädchen, paß auf, daß es dir nicht geht wie der Isabelle Huppert in diesem traurigen Film. Sie spielt da nämlich eine Spitzenklöpplerin, eine ganz unglücklich verliebte. Ich warne dich, ich warne. Aber du weißt ja, wenn du Liebeskummer hast, kannst du zum Weinen kommen, stundenlang. Bloß

fang nicht mit dem Spitzenklöppeln an,
sonst kommen wir an kein Ende.
Wußtest du, daß ich generell für den Haus-
halt zuständig bin? Wir teilen uns da ein
bißchen in Aufgaben. Wenn jemand einen
Schlüsselbund sucht oder das Portemon-
naie, das sind eigentlich so die häufigsten
Vorkommnisse, dann geht das zum Anto-
nius, aber sonst, sagen wir mal, wenn man
einfach vor der Waschmaschine hockt und
findet alles schrecklich, oder wenn die
Brühwürfel hinüber sind und man merkt es
erst bei Tisch, dann habe ich jedenfalls mal
Verständnis.
Die vielen Seufzer aus Küche und Keller
sind mir vertraut. Und ich habe nicht den
Eindruck, daß es mit euren vielen Maschi-
nen nun lustiger geworden wäre. Ehrlich,
ich würde mal wieder richtige Kartoffeln
schälen, wenn ich du wäre. Irgendetwas
kochen, was ewig lange dauert und gar

*nicht viel kostet. Nun mach
nicht gleich so ein
Gesicht. Die heilige
Theresia hat mir allen
Ernstes versichert, daß einem
Gott auch bei den Kochtöpfen
begegnet. Und sie ist ja nun unter uns
heiligen Frauen eine resolute Person, die
weiß Gott nicht dauernd als Küchenmagd
antreten will. Ich meine ja nur, wenn du
manchmal so Probleme hast mit deinem
Gottvertrauen, dann probiere doch mal
diese Kartoffelgeschichte.*

*Grüß mir die Bretagne,
meine liebe Bretagne!*

*Habe ich dir für deinen Gruß aus der Bre-
tagne gedankt? Du warst überrascht, so oft
meinen Namen zu lesen.*

Da gibt es eine wunderbare Legende, ich sei eine Bretonin und als Witwe nach Palästina ausgewandert, im hohen Alter als nunmehr doppelte Großmutter wieder zurückgekehrt, braungebrannt natürlich und belesen, und habe dann noch, ist das nicht rührend, von meinem Enkel Besuch bekommen. Und weil Jesus natürlich nicht allein zu reisen pflegte, sei Petrus dabeigewesen. Der begabte Fischer habe natürlich an der bretonischen Küste eine gute Figur gemacht, kannst du dir denken. Hübsch, nicht wahr? Man müßte die Bibel neu schreiben. Und die französische Linie der Päpste könnte mit Avignon einen neuen Ver- such starten, was sage ich, mit Brest oder Quimperle oder in der Perle der Bretagne: in Sainte-Anne- la-Palud. Das liegt an der

Bucht von Douarnenez und ist
mir lieber als Sainte-Anne-d'Auray
im Morbihan, wo du die Kerzen für
mich angezündet hast. Danke auch, aber
schade, daß du nicht in der kleinen Kapelle
von Sainte-Anne-la-Palud warst. Die ist
nicht so großspurig wie diese Basilika,
meine heimliche Hauptstadt, sagen die An-
geber dort. Und sie sagen, ich hätte per-
sönlich den Auftrag gegeben, die Kirche zu
bauen. Mehrmals sei ich 1623 einem gewissen Yves Nicolazic erschienen und habe
ihn ermahnt. Er solle an einer bestimmten
Stelle so lange graben, bis er mich findet.
Und was hat der gute Mann gefunden?
Eine bemalte Anna aus Holz. Im Erdboden!
Also ich weiß nicht, die Bretonen haben
eine starke Fantasie.
Aber jetzt kommt der absolute Hammer. Die
meisten Annen der Bretagne haben gar
nichts mit mir zu tun! Da geht es immer um

eine gewisse Prinzessin Anne de Bretagne,
die mit zwölf Jahren schon sieben Freier
hatte und einen Österreicher
geheiratet hat, Maximilian, der
zur Hochzeit leider nicht
kommen konnte, weil er zum
Krieg in Holland war. Aus der
Sache wurde aber dann
auch deshalb nichts, weil
mittlerweile der König
Karl aus Paris erschien
und die Anne haben wollte,
und da hat sie sich sofort in ihn
verliebt und geheiratet.
Schön, nicht?
Ich würde an deiner Stelle bei der
nächsten Bretagnereise einen Abstecher an
die Nordwestküste machen, in mein ge-
liebtes Anne-la-Palud. Was für eine himm-
lische Ruhe. Das Grün, die Dünen, das
Meer ... - und nur einmal im Jahr Hoch-

betrieb, am letzten Augustwochenende beim großen Pardon. Oh, pardon, du weißt vielleicht nicht, was ein Pardon ist? Ein Gnadenfest auf französisch. Und ein ganz ein feines. Also, auf nach Sainte-Anne-la-Palud. Die Leute sind netter als anderswo und backen vor dem Gottesdienst Waffeln und Crêpes. Ich habe das noch lieber als Weihrauch. Wenn ein Bretone in den Himmel kommt, will er Crêpes und kein Manna.

Und was ist mit dem Annaberg?

Dein Onkel väterlicherseits ist ein Oberschlesier? Kann er polnisch? Paß auf. In Oberschlesien liegt der Annaberg. Es gibt ja viele Annaberge, aber der in Oberschlesien ist am bekanntesten. Ich sage dir im Vertrauen, er ist auch berüchtigt. Ich habe mir das kürzlich von drei polnischen Seligen erklären lassen. Gottseidank haben wir hier oben keine Grenzstreitereien. Und polnisch kann ich auch. Hier versteht jeder jeden.

Also, dieser Annaberg ist schon über fünfhundert Jahre alt und war früher mal ein kleiner Vulkan, hieß dann Chelmberg, ich sage immer Schelmberg, bekam eine Georgskapelle und 1480 eine Anna-Kirche. Richtig schön wurde es aber erst, als die Franziskaner kamen, das war nach dem polnisch-schwedischen Krieg. Die Mönche mußten fliehen und fanden auf dem Berg ihre neue Heimat. Das ging so lange gut, bis die Preußen kamen. 1810 mußten die Mönche wieder weg, aus dem Kloster wurde ein Pulvermagazin und dann ging es natürlich bergab, wenn man das von einem Berg sagen kann. Am 13. August 1859 kommen auf dem Bahnhof von Gogolin

Franziskaner an, marschieren die drei
Stunden zum Berg, räumen auf und machen
wieder Ordnung. Kaum ist Leben auf
dem Berg, strömen die Pilger. Die
Oberschlesier sind katholisch, das
muß ich dir sagen. 42 Patres
haben gleichzeitig Beichte
gehört. Gehst du eigentlich
auch? Das nur nebenbei.
Dann gab es wieder Pro-
bleme mit den Preußen, die
Patres gingen nach Amerika,
kamen zurück, dann wackelte
der Berg, weil man mittlerweile einen
Steinbruch angelegt hatte, aber die
Mönche machten daraus eine Lourdes-
kapelle. Von den Nazis muß ich dir nichts
erzählen, die waren natürlich wieder da-
gegen. Sie wollten da oben einen nationalen
Tempel bauen. Das ging schief, ich sagte dir
ja, die Oberschlesier sind katholisch! Nun

31

ist das ja wieder polnisch, so wie ganz
am Anfang, und es leben dort noch
viele Deutsche, und da gibt es Strei-
tereien. Ich liebe den Annaberg,
aber das Gezänke ist mir un-
angenehm. Ich bin außerdem
Jüdin und da hat man sowohl bei
Deutschen als auch bei Polen
immer komische Gefühle im Magen.
Soll ich dort mal erscheinen und auf
hebräisch predigen?

Sei froh, daß du noch Träume hast!

Hast du eigentlich vor ein paar Jahren
diese herrliche Tanzgeschichte im Fern-
sehen gesehen? Das war ja schon fast ein
Muß! Kinderprogramm, ich weiß, Weihnachtsserie. (Wir gucken hier oben nie,
aber bei meinen Kontakten ...). Am schön-

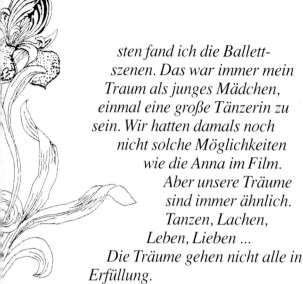

sten fand ich die Ballett-
szenen. Das war immer mein
Traum als junges Mädchen,
einmal eine große Tänzerin zu
sein. Wir hatten damals noch
nicht solche Möglichkeiten
wie die Anna im Film.
Aber unsere Träume
sind immer ähnlich.
Tanzen, Lachen,
Leben, Lieben ...
Die Träume gehen nicht alle in
Erfüllung.
Aber das ist nicht entscheidend.
Bei einem deiner Briefe hast du einen
schönen Satz zitiert: Es sei nicht so schlimm,
wenn die Träume nicht wahr werden.
Schlimm sei es aber, wenn man nie ge-
träumt hat. Weißt du noch? Du warst da in
einer ziemlich schlechten Verfassung. Und
der Brief hatte sogar Flecken von deinen

*Tränen. Ich habe nicht sofort geantwortet.
Ich tue das nie, wenn jemand so heult. Ich
warte immer ein bißchen, bis die Tränen
getrocknet sind. Warum? Erinnere dich,
wie deine eigenen Kräfte wieder wach
wurden. Das wollte ich dir nie abnehmen.
Ich denke, meine Trostbriefe dürfen nicht
zu schnell ins Haus kommen. Wenn ich
mich nicht täusche, war das gerade in der
Zeit, als diese Weihnachtsserie kam. Wie
kommt das eigentlich, daß ihr über Weihnachten und Neujahr manchmal so traurig
seid?
Denk an die Tänzerin. Da ging auch nicht
alles wie von selbst. Du mußt nicht Prima-
ballerina werden. Das wäre wohl auch
nichts für dich. Aber du wirst sehen, daß
sich manche Mühe später lohnt. Wie sagt
ihr dazu, Frustrationen? Das haben wir
alle. Meinst du, bei mir sei es anders gewesen? Bin ich Tänzerin geworden?*

*Oder Prinzessin? Wie lange ich warten
mußte, bis mein Leben so einigermaßen
gestimmt hat!
Trotzdem, träume ruhig weiter. Die Träume
kommen fast alle vom lieben Gott. Mein
Brief auch ein bißchen.*

Leb wohl, Annette!

Ein Lesezeichen für schöne und andere Tage

Das Gebet der Hanna (1 Sam 2, 1-10)

Mein Herz ist voll Freude über den Herrn,
große Kraft gibt mir der Herr.
Weit öffnet sich mein Mund gegen meine Feinde;
denn ich freue mich über deine Hilfe.
Niemand ist heilig, nur der Herr;
denn außer dir gibt es keinen Gott;
keiner ist ein Fels wie unser Gott;
Redet nicht immer so vermessen,
kein freches Wort komme aus eurem Mund;
denn der Herr ist ein wissender Gott,
und bei ihm werden die Taten geprüft.
Der Bogen der Helden wird zerbrochen,
die Wankenden aber gürten sich mit Kraft.
Die Satten verdingen sich um Brot,
doch die Hungrigen können feiern für immer.
Die Unfruchtbare bekommt sieben Kinder,
doch die Kinderreiche welkt dahin.

Der Herr macht tot und lebendig,
er führt zum Totenreich hinab und führt auch herauf.
Der Herr macht arm und macht reich,
er erniedrigt, und er erhöht.
Den Schwachen hebt er empor aus dem Staub
und erhöht den Armen, der im Schmutz liegt;
er gibt ihm einen Sitz bei den Edlen,
einen Ehrenplatz weist er ihm zu.
Ja, dem Herrn gehören die Pfeiler der Erde;
auf sie hat er den Erdkreis gegründet.
Er behütet die Schritte seiner Frommen,
doch die Frevler verstummen in der Finsternis;
denn der Mensch ist nicht stark aus eigener Kraft.
Wer gegen den Herrn streitet, wird zerbrechen,
der Höchste läßt es donnern am Himmel.
Der Herr hält Gericht bis an die Grenzen der Erde.
Seinem König gebe er Kraft
und erhöhe die Macht seines Gesalbten.

P.S. Leider bin ich keine große Sängerin.
Aber Hannas Lied hat mir oft weiterge-
holfen

Anna

Fest
26. Juli (mit Joachim).

Daten
Als Mutter von Maria und Großmutter Jesu bekannt,
historisch nur durch das außerbiblische »Evangelium des
Jakobus« (um 150) belegt.

Legenden
Name und Leben zwar außerbiblisch, aber bereits früh
verbreitet. (Streng genommen muß man die gesamte Anna-
Überlieferung zum Bereich der Legende rechnen. Dies ist
aber bei Zeugnissen jener Art oft so und besagt nur, daß die
Geschichten historisch nicht nachgewiesen werden können).

Name
Aus dem Hebräischen: Channah (Erbarmen, Gnade).
Anne, Anneliese, Annette, Anuschka, Anita, Anja, Anke,
Anni, Änne, Nannerl, Hanna, Hannelore.

Brauchtum
Dienstag (Anna-Tag), Anna-Wasser (gegen Fieber, Kopfweh,
Bauchweh).

Darstellungen
Anna selbdritt (mit Maria und Jesuskind), Anna selbviert (mit
Mutter Emerentia), Sippen-Altar.
Anna erklärt ihrer Tochter die Heilige Schrift.

Wallfahrtsorte/Reiseziele
Düren, Wien, Annaberg (Niederösterreich), Annaberg
(Diözese Breslau), S. Anne d'Auray in Basutoland, Fujiada
(Japan), Las Palmas.

Patronin
Bretagne, für glückliche Geburt/Heirat; Witwen, Bergleute,
schwangere Frauen, kinderlose Frauen, Hausfrauen, Haus-
hälterinnen, Spitzenklöpplerinnen, Dienstpersonal, Drechsler,
Schiffahrt, Strumpfwirker, Seiler, Goldschmiede.

Verehrung
Im Zusammenhang mit der Marienverehrung, besonders
Karmeliten und Kapuziner.

Verwandtschaft
Ännchen von Tharau, Anna Boleyn, Annette von Droste-
Hülshoff, Anna Karenina, Anna Achmatova, Anna Seghers,
Aenne Burda, Anita Ekberg.

In dieser Reihe lieferbar